AF355979

23 Novembre 1882

CATALOGUE

DE

BRONZES

MODÈLES ET SURMOULÉS

REPRODUCTIONS D'APRÈS L'ANTIQUE

ET DES ÉPOQUES

LOUIS XIII, LOUIS XIV, LOUIS XV ET LOUIS XVI

Nombreux Modèles pour Meubles

DES ÉPOQUES LOUIS XIV ET LOUIS XV

**Chutes, Torchères, Appliques, Poignées, Frises,
Statuettes, etc., etc.**

DONT LA VENTE AURA LIEU

Par suite du décès de M. NEVEU-DIMIER

FABRICANT DE BRONZES

HOTEL DROUOT, SALLE N° 6

Le Jeudi 23 Novembre 1882, à 1 heure 1,2.

Me E. BERTHELIN	M. GANDOUIN
COMMISSAIRE-PRISEUR	EXPERT DES DOMAINES
29, rue Le Peletier	42, rue Le Peletier

EXPOSITION PUBLIQUE

Le Mercredi 22 Novembre, de 1 heure 1 2 à 5 heures 1 2

CONDITIONS DE LA VENTE

Elle sera faite au comptant.

Les acquéreurs payeront 5 pour 100 en sus des adjudications applicables aux frais.

L'exposition mettant les acquéreurs à même de se rendre compte de l'état et de la nature des objets, il ne sera admis aucune réclamation une fois l'adjudication prononcée.

DÉSIGNATION

MODÈLES

1. — Diane, d'après l'antique. •

$$H., 1^m,05.$$

2. — Vénus Callipyge.

$$H., 1^m,05.$$

3. — Le Gladiateur blessé.

$$H., 0^m,40.$$

4. — Apollon du Belvédère.

$$H., 1^m,05.$$

5. — L'enfant à l'urne.

6. — Voltaire, d'après Houdon, buste.

Grandeur naturelle.

7. — Rousseau (J.-J.), d'après Houdon, buste.

Grandeur naturelle.

8. — Vénus du Vatican, d'après l'antique.

$$H., 0^m,80.$$

9. — Les Lutteurs, d'après l'antique.

$$H., 0^m,48.$$

10. — L'Enfant à la lyre, d'après Chaudet.

H., 1^m,00.

11. — Le Temps, d'après Bouchardon.

H., 0^m,48.

12. — Apollon et Daphné, d'après Lemoine, groupe.

H., 0^m,45.

13. — L'Enfant et l'Écrevisse.

H., 0^m,48.

14. — L'Été, d'après Cosevox.

H., 0^m45.

15. — Diane Chasseresse, d'après Cosevox.

H., 0^m,45.

16. — Vénus Callipyge, réduction.

H., 0^m,40.

17. — Apollon réduction, d'après l'antique.

H., 0^m,45.

18. — La Pêche, statuette d'après Keller.

H., 0^m,45.

19. — L'Enfant à l'Écrevisse, réduction.

H., 0^m,27.

20. — Iris, statuette au candélabre.

H., 0^m, 57.

21. — Apollon, petit buste.

22. — Vénus de Médicis.

23. — Henri IV, petit buste.

24. — Marie de Médicis, petit buste.

25. — Christ, d'après Bouchardon.

26. — Mercure, d'après Jean de Bologne.

27. — Le Faune à l'Enfant.

H., 0^m,65.

28. — Vénus de Médicis.

H., 0^m,62.

29. — Jupiter, d'après Puget.

30. — Le Gladiateur.

H., 0^m,36.

31. — Cybèle, d'après l'antique.

H., 0^m,40.

32. — Apollon jeune homme.

H., 0^m,64.

33. — Marie de Médicis.

H., 0^m,47.

34. — Henri IV.

H., 0^m,47.

35. — Voltaire.

H., 0^m,36.

36. — Rousseau (J.-J.).

H., 0^m,36.

37. — Mercure.

H., 0^m,39.

38. — Mercure appuyé contre un arbre.

H., 0^m,37.

39. — Apollon du Belvédère, réduction.

H., 0^m,39.

40. — Vénus et l'Amour, petit groupe.

H., 0^m,23.

41. — Jupiter et la Méduse, groupe.

H., 0^{m},22.

42. — Silène.

H., 0^{m},30.

43. — Hercule Farnèse.

H., 0^{m},42.

44. — Apollon jeune, réduction.

H., 0^{m},37.

45. — Diane Chasseresse. d'après l'antique.

H., 0^{m},39.

46. — Les trois âges. groupe. d'après Canova.

H., 0^{m},46.

47. — Hercule supportant le monde.

H., 0^{m},29.

48. — Groupe d'enfants. jeux d'amours, d'après Bouchardon.

H., 0^{m},38.

49. — Bacchus, statuette.

H., 0^{m},38.

50. — Vénus de Médicis. statuette.

H., 0^{m},36.

51. — La Folie et l'Amour. d'après Clodion.

H., 0^{m},31.

52. — La Sagesse et l'Amour, d'après Clodion.

H., 0^{m},31.

53. — Satyre et Bacchante, d'après Clodion.

54. — Satyre soufflant dans une conque, d'après Clodion.

55. — Satyre tenant une gourde.

Deux pièces faisant pendant.

56. — Deux groupes d'enfants pour candélabres, d'après
    Pajou.

H., 0^m,24.

57. — Le Colin-Maillard, groupe d'enfants, d'après Clodion.

H., 0^m,20.

58. — Jeune faune jouant de la flûte et son pendant.

H., 0^m,16.

59. — Louis XIV, statue équestre, d'après Girardon.

H., 0^m,75.

60. — Le Rémouleur, réduction.

H., 0^m,35.

61. — Vénus du Vatican, réduction.

H., 0^m,43.

62. — Le Centaure enlevant Orythie.

63. — L'enlèvement d'Europe.

Deux pièces faisant pendant H., 0^m,25.

64. — Henre IV, statuette équestre.

H., 0^m,47.

65. — Amour, statuette pour sommet de pendule.

66. — Amours tenant une conque, modèle de candélabre.

67. — Amours tenant une coupe, d'après François.

68. — Amours tenant un vase, d'après François.

69. — Tête de faune, lampe d'après l'antique.

70. — L'enfant à la gerbe et l'enfant au nid, deux statuettes.

71. — Milon de Crotone, réduction d'après Puget.

72. — Gilles et le Savetier, deux statuettes pour groupe.

73. { L'automne, groupe d'enfants.

{ L'Été, pendant du précédent.

H., 0^m,25.

74. — Joseph et Putiphar, groupe, bronze.

H., 0^m,28·

75. — Modèle de flambeau Louis XV.

76. — Autre.

77. — Autre.

78. — Modèle de flambeau Louis XVI.

79. —   idem.   Empire.

80. — Bacchus, groupe d'enfant.

81. — Le Gladiateur.

H., 0^m,70.

82. — 2 Statuettes enfant, pour candélabres.

83. — Le Temps, figure pour sommet de pendule.

84. — Quatre appliques bronze, représentant les Saisons.

85. — Deux modèles de chute pour commodes Louis XIV.

86. — Deux autres.

87. — Dix modèles appliques à masques humains, style Louis XIV.

88. — Dix autres ornemens et fruits pour appliques de meubles.

89. — Modèle de candélabre Louis XIV.

90. — François Ier, statuette équestre.

91. — Henri IV, statuette équestre.

92 — Louis XIII, statuette équestre.

93. — Louis XIV.

94. — Modèle de faune en gaîne pour chute de commode.

95. — Deux bas-reliefs ovales, jeux d'enfants.

96. — Femme assise sur une lampe et se chauffant, d'après Marin.

97. — Tors de feuilles de chêne pour fût de colonne.

98. — Quatre pièces, cercles pour vase.

99. — Deux socles style Louis XV pour vase.

100. — Quatre modèles de frise pour meubles commodes.

101. — Deux modèles, anses de vases.

102. — Vingt pièces modèles de tabliers, chutes et bronzes appliques pour pendules modèle Boule.

103. — Quatre modèles de chute de style Louis XV.

104. — Vingt-huit modèles de chutes Louis XV, époque de la Renaissance.

105. — Six modèles pour cadrans de pendules Boule.

106. — Un beau modèle de torchère Louis XIV (complet).

107. — Louis XVI. Statuette.

108. — Quatre modèles de vases. reproduction des vases de Versailles.

109. — Le Mercure de Jean de Bologne, réduction.

110. — Hermaphrodite d'après l'antique.

111. — Vénus couchée.

112. — L'enfant à la coupe. L'enfant à l'oiseau. Deux pièces d'après Clodion.

113. — Enfant couché, d'après le Guide.

114. — Hippocrate, petit buste.

115. — Enfant assis, d'après Clodion.

116. — Modèles de chenêts Louis XIV.

117. — Les chevaux de Marly, groupes d'après Coustou.

118. — Terrasse et chiens, socle pour pendule Louis XV.

119. — Cage de pendule, modèle Louis XV rocaille.

120. — Même modèle, réduction du précédent.

121. — Vase Louis XVI, modèle d'après Clodion.

122. — Ariane endormie, d'après Clodion.

123. — Le Faune dansant, d'après l'antique.

124. — L'Hercule Farnèse.

125. — Laocoon, groupe d'après l'antique.

126. — Le Faune au chevreau, d'après l'antique.

127. — Deux lions couchés, modèles pour pendules.

128. — Socle Renaissance.

129. — Flambeau au dauphin.

130. — Modèle de flambeau Louis XVI.

131. — Modèle de flambeau Louis XIV, très beau.

132. — Un très beau modèle de candélabre (Gouthière).

133. — Vase, bronze doré Louis XVI, modèle ancien parfaitement ciselé.

135. — Appliques à deux lumières modèles anciens. Louis XIV.

136. — Paires d'appliques à trois lumières, modèle ancien, Louis XV.

137. — Cinquante anses, quarante socles divers.

138. — Soixante consoles, trente-cinq appliques.

139. — Cinquante chutes, quarante cadrans.

140. — Modèle de pendule Louis XVIII.

141. - Quarante modèles d'applique, même époque.

142. — Cent cercles, appliques, tors, etc., etc.

143. - Binets, appliques, poignées, etc., etc.

144. — Quatre-vingts pièces, médailles, cinquante chutes, pour trépieds, et pieds de meubles et consoles.

144 *bis*. — Beau modèle de cage de pendule Louis XIV.

144 *ter*. — Sous ce numéro les modèles omis.

SURMOULÉS.

145. — Louis XVI. Statuette.

146. — Deux petites consoles Louis XIV, appliques dorées.

147. — Napoléon Ier. Statuette.

148. — Paire de chenets, style rocaille, dorés.

149. — Paire de chenets Louis XIV, bronze doré.

150. — Paire de flambeaux Louis-XV, bronze doré.

151. — Flambeaux (petite paire). Louis XVI.

152. — Autre paire, Louis XV.

153. — Autre paire, Louis XVI cannelée.

154. — Paire flambeau Louis XIV, tournés et dorés.

155. — Paire de flambeaux Louis XV, ciselés, gravés et dorés.

156. — Paire de candélabres, trois lumières, faune de Clodion, ciselés et dorés.

157. — Paire de candélabres, style Renaissance, ciselés et dorés.

158. — Un flambeau balustre Louis XVI à asperges.

159. — Paire de vases, modèles de Versailles, avec bacchanales d'enfants.

160. — Tête de faune, d'après l'antique.

161. — 3 rhytons d'après l'antique (masque humain).

162. — Apollon et Daphné.

163. — Objets omis au catalogue.

PORCELAINES, OBJETS DIVERS

164. — Bonbonnière en porcelaine, pâte tendre. monture
en bronze doré.

165. — Montre en argent, époque Louis XIV, en argent
ciselé.

166. — Deux groupes en platre, modèles de biscuit.

167. — Deux seaux, porcelaine pâte tendre.

168. — Deux assiettes, porcelaine pâte tendre.

169. — Deux petits seaux carrés, porcelaine de Chine famille
verte, époque Khang-Hy.

170. — Tasses en porcelaine de Saxe.

171. — Deux petites bouteilles, chine craquelé.

172. — Manche de couteau de chasse en ivoire sculpté.

173. — Dix plaques en marbre, et pièces de couleur mosaïque
de Florence.

174. — Hippocrate, petit buste en bronze, sur socle marbre jaune de Sienne.

175. — Groupe en biscuit, République de Saint-Domingue.

176. — Groupe en biscuit, l'enlèvement de la Sabine.

177. — Quatre vases en porcelaine bleue.

178. — Table Louis XV, en marqueterie, bois de rose et bois de violettes.

179. — Une étagère en chène, à pieds tors.

180. — Dix Panneaux anciens en marqueterie de Boule, cuivre et écaille.

181. — Quatre autres de même époque, et travail provenant d'un régulateur.

182. — Divers panneaux provenant de pendules anciennes, Louis XIV, en marqueterie de Boule.

183. — Très jolie petite table de l'époque Louis XV en marqueterie de bois rose et bois debout.

184. — Autre jolie table de même époque, marqueterie bois rose et violette.

185. — Deux Vases en porcelaine, décorés des portraits de Lekain et Molé, et ornés d'une riche monture en bronze doré époque Louis-Philippe.

186. — Six feuilles de marqueterie bois rose, bois debout et à bouquets.

187. — Sous ce numéro les objets omis.

Paris. — Typographie A. Quantin, 7, rue Saint-Benoît. (2150)

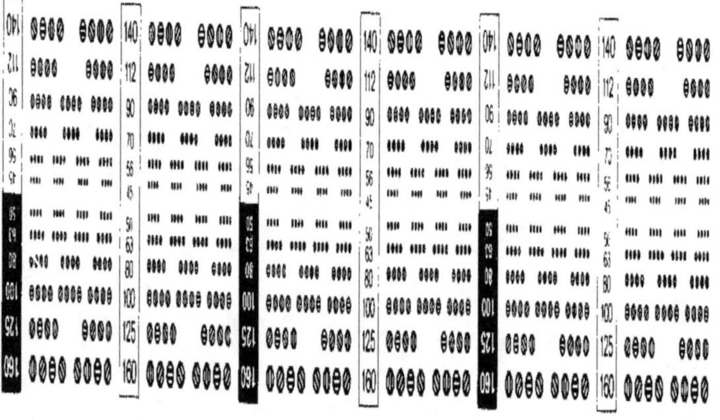

3798970
graphicom

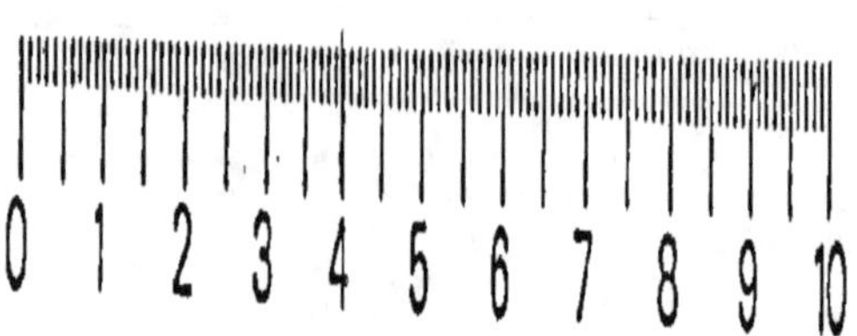

BIBLIOTHEQUE

NATIONALE

DE FRANCE

****

CHATEAU

DE

SABLE

1996

www.ingramcontent.com/pod-product-compliance
Lightning Source LLC
LaVergne TN
LVHW012133170726
843501LV00008BC/3166